Boy Lornsen

Sinfunikunzert

un annere plattdüütsche Gedichte

Quickborn-Verlag

Die plattdeutsche Schreibweise wurde weitestgehend
unverändert vom Autor übernommen.

ISBN 3-87651-137-2

Umschlagabbildung: Wolfgang Nagl, Hamburg
Abbildungen im Text: Boy Lornsen
Gesamtherstellung: Clausen & Bosse GmbH, Leck
Printed in Germany

Sinfunikunzert

Sinfunikunzert

»Mann in de Tünn«, see Kuddel Swatt,
»in so'n Kunzert beleevst du wat!
Negen Mark föfftig för't Bilschett.
Dorför sitts'denn ok Parkett,
klabasterst di mang all de Been,
petts de Froonslüüd op de Töhn,
un sühst'n Platz, de noch vakant,
plants du dien Mors in rooden Samt.
Dat jaul un gnurr un jiep
un fleut un tuut un piep
as büst mang Ossen, Göös un Swiens:
Se stimmt blots ehr Musikmaschiens!
Fief Minuten duur dat Spill,
denn ward dat doodenblackenstill.

To'n Verpusten kriggst keen Tiet:
De Sool ward düüster: is so wiet!
Nu kümmt so'n Mann, so'n lütten Griesen,
in'n Frack mit blanke Biesen,
witte West un swatte Fleeg,
hölt den Kopp so'n beten schreeg,
jumpt mit'n Wuppdi op't Podest,
treckt'n Knüppel ut de West
un fummelt mit dat dore Deert
in'ne Luft rüm. Wat passeert?
Düsse hunnert Mann Musik
sitt op hunnert Stöhl un kiekt
nu piel op sienen Arm.
Un wat denn? Denn mookt se Larm!
He wiest je glieks op düsse Fiedeln,
de fangt je düller an to gniedeln.
Un ok de Trummeln kriggt he ran:
De een mookt bumm! de anner bamm!
dat dat in'ne Ohren dröhnt,
un se hebbt ehr Geld verdeent.
Denn is dat Waldhuurn an'e Tour
mit so'n Solo in F-Dur,
un de Baß un de lütt Braatsch
brummt furts achterno: ritschraatsch!

Bi de Trumpeten sitt'n Uhl:
De dor'n Öös sünd em to fuul,
un he grabbelt mit de Hannen,
un nu tuut se sik toschannen.
Ok de Fleuten mutt he rüffeln.
De koomt gau in de Pantüffeln
un jiept un piept nu ok ehrn Deel.
He winkt af. Ward em toveel.
Nu purrt he sienen Finger
op de Klorinettendinger,
un de Keerls sünd wull vergräzt.
Se swiegt still. Wat deiht he jetzt?
Nu kriggt de Schellnboom so'n Wink,
un de mookt dreemol pingeling...
Nee, wat mutt de Mann sik quälen,
üm'n Stunnstiet to krakeeln.
Man so is dat in de Welt:
Deihst du nix – kriggst ok keen Geld!
Süh! Nu geiht woll op den Rest.
Em löppt de Sweet henlang de West,
un de Finsterschieven klirr,
so smiet de Lüüd sik in't Geschirr,
denn de heelen hunnert Mann
haut to'n Sluß noch mol'n Slag ran:

Un de Trummel rummst un rummelt...
Un de Brummbaß brummt un brummelt...
Un de Vigelinenbengels
swenkt de Arms as Pumpenswengels...
Un de Klorinetten jachtern...
Un dat Waldhuurn juucht vun achtern...
Un de Fleuten zackereert...
Un de Braatsch, de raatscht verkehrt...
Un de Pottendeckel klötert...
Un de lütte Trummel rötert...
Un de Trumpeten gröölt as dull...
Hett he de Nees denn noch nich vull?
Wat mookt he nu denn noch för'n Töög?
He neiht den Knüppel in de Hööcht
un denn hendol mit letzte Kraft.
All swiegt still. He hett dat schafft!
He dreiht sik üm. He mookt sien Bücklings.
Un achter em, so'n beten trüchlings,
geet de Trumpetenkeerls, nich fuul,
de Spiech ut dat Trumpetenmuul.
Denn kümmt so'n lütte, sööte Deern
mit roode Rosen för den Herrn.
Un denn ward applodert.
Dat is Sinfunikunzert!«

Poggenmusik

De Sünn is mööd un seilt to Puuch.
Dat schummert achter'n Diek.
De Mond, de grient vun boben dol.
De Poggen mookt Musik.

Toeerst quaakt een un denn noch een.
Nu sünd dat je al dree.
Bilütten quaakt an föfftig Stück.
'n groote Quaakeree!

Mol quaakt se luud. Mol quaakt se lies.
(Se nennt dat Pogg-Choral!)
Vundoog quaakt se op niege Wies:
so'n beten antonal!

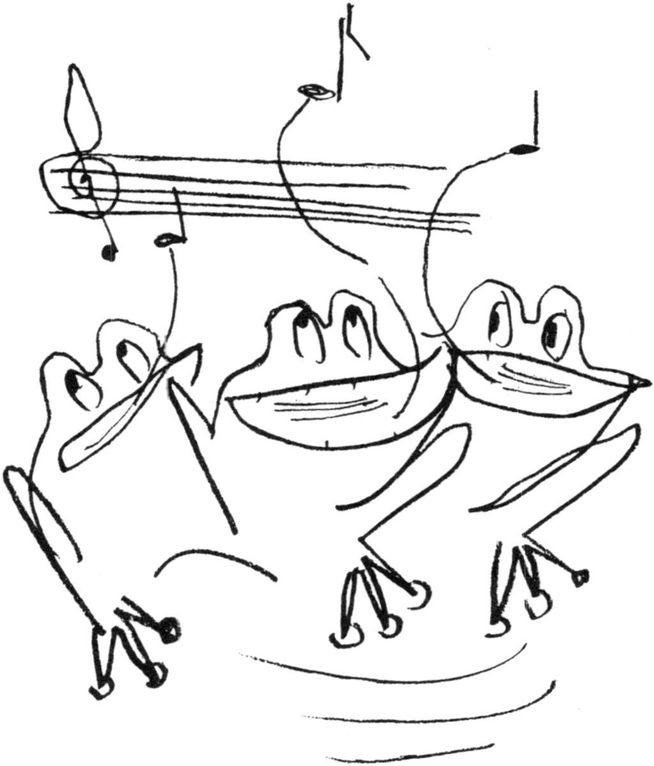

De grööne mit dat scheebe Muul
quaakt luud as sünst keeneen.
So'n lütten Dicken dirigeert
mit beide Achterbeen.

De halve Nacht duur dat Gedööns.
Denn grööl 'n Damper: tuut!
Un dat geiht plitsch un platsch un plumps.
De Poggenchor neiht ut!

För hüüt hett de Musik 'n End.
Un still ward achter'n Diek.
(De Mond is nich för atonal.
He höllt mehr vun Musik.)

Wilde Swien

Julus Krohmann un sien Swoger
(De Mann heet Korl Klawien)
weern all beid' kralle Jooger,
un dat op wilde Swien.

Merrnmang de Bööm in Düüstern,
dor sliekern se sik lang.
Se höört de Swien ramüüstern,
un beide trocken blank.

Man nu passeert so'n lütt Malöör:
Dor weer'n schett'rig Grooben,
un Julus stolpert (kümmt mit vör).
Sien Mors, de wiest no boben.

Op den Dreih kreeg dat Swien sien Büx
jüst liek vör beide Hauer.
Korl neiht ut, do kenn de nix.
(Mi dücht, de Mann weer slauer.)

Dat Swien, dat grient: Heff ik 'n Sott!
Dat dröppt sik hüüt mol good...
Uns' Julus beed: ach leeve Gott!
Bewohr mien Mors vör Noot!

Dat Swien, dat leet sik lang noog Tiet.
Dat ziel genau un snufft.
Denn langt dat ut – un insowiet
kreeg Julus achtern Luft.

Man nu bewies de Minsch Verstand.
(De Büx, de weer je twei.)
Wo't scheneerlich weer, dor leeg sien Hand,
un he tuut: Jagd vorbei!

Lütt Hinnerk un de Leev

De Leev, dat is'n feine Sook.
Sööt as'n bunten Stuten!
Un dat wuß uns' Lütt Hinnerk ok:
He harr je al dree Bruuten!

Nix ward een gönnt op düsse Welt,
denn knapp twee Weeken loter
harrn de Lüüd dat Kloos vertellt.
(Kloos Klehn, dat weer sien Vodder.)

»Dat kiek di an! So'n lütten Sleef!«
De Ool, de grient sik een.
(As Jungkeerl weer he in'ne Leev
jüst ok keen Bangbüx ween.)

Nu hölpt dat nix, he weer as »Boß«
tostännig för de Sitten
un lees je nu sien eegen Sproß
gehöörig de Leviten.

Kloos (he weer Fründ vun Wöör,
he wuß, de Minsch is sünnig),
he knööp sik nu Lütt Hinnerk vör
un mookt dat kott un bünnig:

»Den Deubel ok! Weest' wat, mien Söhn –«
Nu geevt' een an'ne Snuut.
»Dree Bruutens weern ni neudig ween.
Mit twee kümmst' je meist ut!«

Niege Kunst

Krischaan wull mit Emma mol –
he meen dat je blots good –,
op düsse niege Kunst hendol.
(Mi dücht, de Mann harr Moot.)

Mannomann! De Galeree
stünn proppenvull vun Musen.
Soveel kunnst du as Minsch meist 'ne
op eenen Dag verknuusen.

Dor stünn wat ut Gips un Steen:
keen Arms, keen Been, keen Finger!
Emma funn dat jüst nich schöön.
(Torsos heet de Dinger.)

Un middenmang, dor weer noch wat:
so'n niege Kunstmaschien!
Emma froogt verboost: »Wat's dat?«
Ool Kirschaan sweeg un grien.

»Jungfrau« heet dütt Stück Malöör.
De Noom weer je ganz nett.
Blots wat den ooln Krischaan stöör:
De Deern weer nich kumplett

De Kopp weer lütt. Dat harr keen Noot.
(Is hüütigendoogs nich wichtig.)
De Fööt weern meist'n beten groot.
(Nu froogst di, wat is richtig?)

De Bossen weern je ok nich dull.
Reinut geseggt – nix weert!
Doran harr de Künstler wull
ne lang noog op studeert.

De Been weern bannig steevig buut.
(Dat is de niege Oort.)
De Arms segh'n lütt bet fledig ut.
Dor harr de Mann an spoort.

An'n End see Emma: »Leeve Mann –«
Se foot em bi de West,
»kiek di dat dore Froonsminsch an,
denn weest du wat du hest!«

Gewerbestüür

De Ritter Kloos vun Kachelaun
see to sien Fro: »Weest' wat?
Dat Geld is all, nu mutt ik klaun!«
(Raubrittern nömt sik dat.)

Annerdoogs, so bi Klock fief,
smeet Kloos sik op sien Peerd.
He harr je al dree Grog in't Liev,
un dat weer nich verkehrt.

In den Wald, wo't düüster weer
un wo dree Eeken stunnen,
sett he sik dol mit Schild un Speer
un luur op goode Kunn'.

Do keem een an, de keem to Foot.
De Mann harr sülvst nix,
un Kloos geev em sien Mettwußbroot.
(As Christ weer he je fix.)

De tweete keem (so'n Mann vun Welt!),
un Kloos gröö̈l sien' Lex.
De dore Knecht harr ok keen Geld,
harr blots ›Verrechnungsschecks‹.

De drüdde keem (op't düttmol klappt?),
de harr 'n groote Tasch,
un Kloos, de schreeg: »Nu ward berappt!«
Do see de Keerl heel gnasch:

»Toeerst koom ik mol to mien Recht.
Gewerbe, Kloos, is düür!«
Un Kloos kippt ut de Stevelschächt.
(De Keerl keem vun de Stüür...)

Spienoosch

Links de Döör wohnt Trina Brabbel
annersiet Amanda Klook.
Den helen Dag geiht dat Gesabbel.
Neeschierig sünd se ok.

Wat Manda kookt will Trina weten.
Se snupper no de Köök.
Un annersiets much Manda weten:
Hett Trina wull Besöök?

To'n Glück gifft dat son'n Slötellock,
un Trina pliert un snüffel.
Vun de anner Siet gluppt Manda Klook.
Se weer je ok keen Tüffel.

Dat Lock weer düüster as'n Graff.
Rein gornix weer to sehn.
Un beide Oolschen trocken af.
Se kreegen stieve Been.

Nich jümmer is de Minsch to lieden.
De een will dütt, de anner dat.
Un Spienoosch vun beide Sieden
is ok meist för de Katt.

Gerechtigkeit

De Hamsterbock
sitt vör sien Lock
un tellt de Steerns an'n Heven.
Un de Kathuul
de flüggt un schuul
no nerrn (Se will ok leben).

De Dichter dicht
an düs Geschicht.
Wo geiht de Sook nu wieder?
De dor Kathuul
de flüggt un schuul,
un se kümmt suutje sieder.

De Hamster hett
sien Winterfett,
dree Kellers vull vun Weten.
Tein Müüs geiht' slecht,
de hebbt nicht recht
to bieten un to freten.

De Dichter kreiht:
Gerechtigkeit
in alle Levensfrogen!
(Dor hett he recht,
wat ungerecht,
dat mutt de Mensch beklogen)

Un uns Kathuul
lickt sik dat Muul,
den Hamster will se footen.
De Dichter dicht
(Is nich ganz licht):
Schall he de Kathuul loten?

De Kathuul griept,
de Hamster jiept,

un denn mutt he starven.
De Dichter meent,
de Müüs de köönt
sien Wetenkellers arven.

(Gerechtigkeit,
wat sik versteiht,
is ofteens slecht to Foot.
Wat een sien Uul,
seggt dat Volksmuul,
ward licht den annern Dood)

Een Word hoolt dat anner

Nover Vossen
sien' Ossen
see to't Swien:
»Igittigittich –
wat büst du schietich!«

Dat Swien, nich fuul,
vertrock dat Muul
un see vergnatz:
»Kiek in'n
Speegel –
denn sühst 'n Fleegel!«

Eendoogs . . .

Eendoogs steeg de Aap vun'n Boom
(Dat güng em wull to good),
trock sik Büx un Stevel an
un leep sietdem to Foot.

Nu weer he Mensch, bööt Füür an
un smurgel sik wat Kruut.
Denn strapaseer he sien Grips
un spikeleer wat ut.

He mook sik Äxt un Spier ut Steen.
He trock ut to'n Jogen
op Aanten, Haas un wilde Swien.
So kreeg he wat in'n Mogen.

He bu sik Huus un Hoff un Borg.
He woor klook un klöker,
flöög as'n Vogel dör de Luft.
Blot sien Welt kreeg Löcker.

He hett PS, he hett Atom.
He dröömt (as ik un du).
Wenn de Bööm fehlt un de Blööm...
Eendoogs frogt he: Wat nu?

Dat Leeven vun'n Goos

Bi so'n Ganter, oolt un toog,
kümmt 'n lütt Gössel an un froogt:
»Dütt un dat hebbt's mi vertellt –
woans geiht' to op düsse Welt?«
»Tjä«, see de Ganter, »dat, mien Deern,
vertell ik an sik jüst nich geern.
För männigeen leevt sik't nich slecht,
uns Göös, de geiht dat as de Swien:
Dat Leeven kunn geern länger sien!
Uns Leeven un wo lang dat duurt,
bestimmt de Minsch, wat wi beduurt.
De dor'n Keerls, op witt, op swatt,
sünd grote Bumanns. Nu weest' dat!

Toeerst, mien Deeren, kruppst du ut Ei,
kümmst op de Welt. Dat Ei geiht twei,
un in dien eerste Kinnertiet,
geiht di dat good, un insowiet
büst du vergnöögt un froh
un denkst bi di: Dat blifft sacht so.
Do ward nix ut. Weer ok to schöön.
Deiht mi leed – sünd Kinnerdrööm!
Denn nööst kriggt di de Minsch tofooten
un denn mien Deern must' Feddern looten.
Se riet di all dien Duunen rut
un stoppt ehr Küssens dormit ut.
De dore Minsch hett keen Geweeten,
kriggt di foot, dat schallst du weeten,
un sparrt di in so'n ool Kaschott.
Dor sittst du nu, di hölpt keen Gott,
dat Freeten proppt's di boben rin,
un dormit hebbt's nix Goods in'n Sinn.
Se dood dat nich ut Christenleev,
nee, nee, mien Deern, de dor'n Sleef,
de nudelt di un mookt di fett,
un büst du dat – denn kümmst' vör't Brett!
Bi hellicht Dag un hooge Sünn
dreiht di de Öös de Göörgel üm.

Du jappst no Luft, du büst in Noot,
eh di versühst, mien Deern – büst' doot!
Nu geiht' no buten vör de Döör.
Dor hebbt's eerst recht wat mi di vör:
Dien letzten Feddern warst du los.
'n Sünd un Schann för di as Goos!
In dien Buuk sünd se an't Grabbeln
un stoppt em vull mit Beern un Appeln,
mit Hackfleesch un mit geele Rööben.
De Minsch hett Grabben, kannst' mi glööven!
Nu warrst du in so'n Pann rinquengelt –
in'n Ooben rin! Dor warrst du sengelt.
Dree Stünnen lang kriggst du Kartuun,
un denn, mien Deern, denn büst du bruun.

Mit Plummenmuus un roode Beet
kümmst' op den Disch. Nu weest' Bescheed!
Toeerst ward beed. All böög den Kopp.
Denn sett se sik un freet di op.
Mit Soltkantüffeln, Appelmuus,
Roodspon satt (de Kinner Bruus),
mit Kronsbeern un mit rooden Kohl
seilst du den Hals in'n Moogen dol.

Dien Knoken ward begnabbelt
un achteran besabbelt.
Denn sünd se satt,
bit op de Katt.

De Büx ward stramm. De Knööp mööt op.
Den Sweet wischt se vun Hals un Kopp.
De Been ward ünnern Disch utstreckt:
Den Deubel ok! De Goos hett smeckt!
Dat beste, seggt se, weer dien Sooß.
Dat is dat Leeven vun'n Goos ...«

Drink'n Grog

Mien Söhn, ik segg't nich geern:
Luurst du op so'n lütte Deern
un steihst bedrüppelt an'ne Kant
mit roode Rosen in'ne Hand.

Un dat pladdert nu vun boben,
hest keen Hoot un nix in'n Moogen,
un de Klock ward jümmers loter,
in'ne Steveln hest' Hoochwoter,
natte Strümp, du kriggst dat Schüddeln,
fangst bilütten an to jiddeln.

Föhlst di natt un koolt un kudderig,
sülvst dien Bloomstrusch ward fludderig,

di steiht dat Woter in'ne Büx,
kiekst lang de Stroot: noch jümmer nix!
Denn, mien Söhn, denn geev dat op,
loot ehr reisen – drink'n Grog!

Een Bild blots

He güng ut Huus.
Un he hett lacht.
Sien flotte Mütz seet scheef.
Se hett beed
un an em dacht.
Un denn keem de Breef.

Vermißt weer he.
In frömdet Land.
Keen Blööm un ok keen Krüüz.
Blifft blots dat Bild
dor an'ne Wand.
Dat mit de scheebe Mütz.

Eh di versühst

Kinners nee,
wat löppt de Tiet!
Eh di versühst,
is't al sowiet:
Twee hebbt sik leev.
Du warrst bestellt.
Eh di versühst –
büst op de Welt!

Du kriggst dien Buddel
(dat's dien Fall),
kruppst ut de Windeln
un büst krall.

Eerst waßt de Been
un denn de Kopp.
Sühst du woll –
nu geiht bargop!

Denn kloppt dien Hart.
Du denkst: Woso?
Eh di versühst –
büst' Mann un Froo!
Eerst koomt de Kinner.
Denn dat Geld.
Nu steihst du
boben op de Welt

Een twee, dree –
sünd's ut de School.
Sühst du woll –
nu geiht' bargdol!
Dien Hoor ward gries.
Dien Krüüz deiht weh.
Eh di versühst –
büst du Rentjeh...

He kunn nich fleegen …

In'ne Kron
vun'n Appelboom
sitt 'n Spatz
un mookt Rabbatz.

Beten loter
kümmt de Koter
un puus sik op:
Furts koom ik rop!

De Spatz neiht ut
un höllt de Snut.
Nu kümmt de Witz:
Do kümmt de Spitz!

De Koter flitz
nu as de Blitz
ok in'ne Kron
vun'n Appelboom.

He mookt Radau
un schriggt Miau
bit üm Klock neegen.
He kunn nich fleegen…

Stickeln

So'n lütten Hund
sitt vör de Döör,
un dat is an sik
keen Malöör.

Do kümmt
de Swienegel vörbi.
Süh! denkt de Hund.
Den kennst' nich ni!
He springt as unklook
op de Been
un bellt: Wuh! Wau!
Wat büst't för een?

De Swienegel,
jüst ok keen Held,
verjoogt sik je.
He is vergrellt
un sett nu gau,
heel vigeliensch,
de Stickeln op.

De Hund worr fünnsch
un gnurr: Wat's dat!
He strüüvt dat Fell
un is keen Katt?
Un nu stipp
düsse lütte Drümpel
sien Rüker
in den Stickelhümpel.

Wat' Wunner denn,
dat he sik stött.
Au! Wau! jaul he.
Mien Nees, de blött!

Nu ward em dat bilütten dämmern:
Frömde Lüüd schallst nich belemmern!
Un wiest so een ok noch sien Stickeln,
kann sik de Fründschop nich entwicklen.

Wihnachtsmann, vergeet mi nich

Wihnachtsmann, Wihnachtsmann,
du warrst doch an mi denken?
Du warrst mi doch de Dampmaschien
un ok dat Pony schenken?

Wihnachtsmann, Wihnachtsmann,
dat is man noch nich all:
Mien Broder bruukt 'n niege Büx,
Langschäfter un son'n Ball.

Wihnachtsmann, Wihnachtsmann,
mien Süster harr geern 'n Popp.
Vergeet blots nich dat Marzipon!
Da Best, ik schriev dat op.

Ooljohr – Niejohr

Dat oole Johr,
de groote Sack,
is vull bit bobenhen
mit dien Doon
un mit dien Snack,
dien avers un dien wenn.

Dat niege Johr
luurt al bisiet
un sparrt wiet den Rachen,
will dien Doog
un will dien Tiet,
dien Weenen un dien Lachen.

So hoolt een Johr
dat anner Johr.
Du tellst di dör dat Leven,
un nich all dien Dröööm
ward wohr.
Wist nehmen, mußt' ok geven.

Inhalt